RÉPONSE

De M. PECHIER, Teneur de Livres de la
Maison d'Espagne,

AUX OBSERVATIONS

Du Sieur FRAISSE, Teneur de Livres de la
Maison de France.

LA méthode employée par M. Anglade pour dresser le compte
qu'il a remis à Messieurs les Arbitres, chargés par la Cour royale
de Montpellier de prononcer, en dernier ressort et sans appel,
dans le procès qu'il a avec ses associés de l'entreprise Daugny,
est celle employée par tout homme qui se respecte. Son compte
est basé sur ce qu'il a reconnu de vrai dans les livres, fol. 10,
11, 13, 17, 18, 20, 24, 28 et 29 du grand livre de la Maison
de France; fol. 4, 5, 6, 7, 8, 9, 11, 12, 14, 19, 20, 21 et 22
du grand livre de la Maison d'Espagne, et sur les délibérations
prises avant son exclusion de la société. Il est appuyé de pièces,
et surtout de deux qui font le désespoir des sieurs Jaubert-de-
Passa et Daugny, relatives aux transports de Lerida, Sozes et

A.

Fraga : ces pièces sont l'état de liquidation du Ministère de la guerre et le mémoire présenté au Roi, en son Conseil d'état, en juillet 1825, qui prouvent que la compagnie a remis à Monsieur l'Intendant Lajard, 5,423 pièces justificatives, parmi lesquelles lesdits sieurs Jaubert-de-Passa et Daugny ne peuvent nier que sont comprises celles relatives aux transports de Lerida, Sozes et Fraga, qui, s'ils n'avaient pas appartenu à la compagnie, ils auraient eu soin, pour s'éviter toute tracasserie à ce sujet de la part de leurs associés, d'en former une Comptabilité séparée, et de payer eux-mêmes les appointemens des employés qui les avaient fait effectuer, ce qu'ils n'ont pas fait, attendu que les livres des deux Maisons de France et d'Espagne prouvent que c'est la compagnie qui les a payés, jusques et après leur retour en France, et qu'en outre, elle a encore payé une commission de *cinq cent dix francs* à Monsieur Paulin-Durand, banquier à Barcelonne, pour le dépôt qui lui avait été fait d'une somme de 102,000 francs : (voir le relevé de caisse à la date du 17 janvier 1824, dont il a plu aux deux Messieurs précités d'en laisser ignorer l'emploi, ce qui n'annonce pas un grand fonds de délicatesse).

Le sieur Fraisse s'est mépris lorsqu'il a avancé qu'on n'avait su que lui dire, relativement aux livres, attendu que ce qui va être dit à ce sujet, prouvera que ce n'a pas été pour garder le silence que M. Anglade les a vérifiés.

Outre les livres nécessaires à une entreprise aussi considérable que celle des transports généraux de l'armée de Catalogne, la compagnie établit dès son origine, en mai 1823, un livre de caisse générale pour y inscrire jour par jour toutes les recettes et toutes les dépenses. La tenue de ce livre précieux fut confiée à M. Rovira, l'un des associés, qui eut soin, pendant tout le temps qu'il resta chargé de la caisse, de faire journellement écritures de toutes les rentrées et sorties de fonds.

Ce livre, dont les renseignemens étaient du plus grand prix pour le sieur Anglade, a été détruit. Je dis détruit, car on en a enlevé les feuilles qui mentionnaient les vraies opérations de la caisse, pour faire transcrire quelques pages après les opérations de caisse, que l'on a jugé convenables, et c'est dans cette œuvre de ténèbres, pleine de ratures, de surcharges, de doubles emplois, d'interlignes, d'omissions et d'articles intercalés, que les adversaires n'ont pas craint de faire puiser jusqu'au premier septembre, par leur teneur de livres (le sieur Fraisse), tant pour les dépenses dites extraordinaires, que pour les autres articles de caisse qu'on trouve sur le livre-journal et le Grand Livre.

Et c'est, Messieurs les Arbitres, au contenu de ce livre, indigne de votre confiance, que les co-associés du sieur Anglade veulent qu'il s'en rapporte : à ce sujet, votre sagesse décidera si cela doit être, et l'être sans représentation des pièces justificatives.

Ci annexé est le tableau des omissions, ratures, etc... trouvées dans le livre précité, auquel on a joint quelques observations.

Le livre de caisse est établi dans les maisons de commerce, de banque, d'administration et de recette générale, pour y inscrire jour par jour avec détail, tant au débit qu'au crédit, toutes les sommes qui entrent ou qui sortent. C'est dans ce livre et non ailleurs que le teneur de livres puise journellement, pour porter au journal les opérations de la caisse.

Lorsque le livre-journal ne concorde pas avec le livre de caisse, pour tout ce qui est relatif à la caisse, on doit supposer des omissions, par la raison qu'en transcrivant d'un livre sur un autre, le teneur de livres peut, sans le vouloir, omettre un ou plusieurs articles ; mais lorsque le cas contraire arrive, c'est-à-dire qu'on ne trouve pas sur le livre de caisse les articles mentionnés au journal, on doit supposer de la mauvaise foi, attendu qu'il ne peut y avoir sur le livre-journal au-delà de ce qui se trouve écrit sur le livre de caisse, pour tout ce qui est relatif à la caisse.

Examinons, à présent que nous avons fait connaître le peu de foi que mérite le livre de caisse générale, et que nous avons donné

1*

les renseignemens que nous avons cru nécessaires sur la tenue du livre de caisse, si le livre-journal est plus digne de crédibilité que le précédent.

Sans crainte d'être taxé de partialité par les hommes experts dans la tenue des livres, je dirai, 1.° que le livre-journal timbré contient la copie exacte de tous les articles mentionnés dans le faux livre de caisse générale; 2.° qu'il y a des articles de caisse qu'on ne saurait trouver sur le vrai livre de caisse, tenu par le sieur Fadié, caissier nommé par la compagnie, lesquels sont ceux relatifs aux prétendues dépenses extraordinaires qui figurent après le 1.er septembre 1823 jusqu'à la clôture des écritures, ce qui est vraiment contre l'usage, qui ne permet pas qu'aucun article de caisse soit passé sur le journal sans l'avoir été primitivement sur le livre de caisse; 3.° qu'il ne concorde pas avec les dates du livre de caisse précité, ce qui rend la recherche des articles très-pénible; 4.° que contre le vœu formel de la loi, écriture n'a pas été faite journellement des articles de ce livre, ce qui fait qu'il est presque impossible de pouvoir se reconnaître dans la vérification des articles; 5.° qu'il est couvert de ratures, de surcharges, de mots intercalés, d'écritures dans l'émargement, de doubles emplois et d'articles prétendus omis et portés par cette raison à des dates autres que celles auxquelles ils auraient dû être écrits. Toutes choses qui le rendent, en grande partie, indigne de crédibilité, et qui par conséquent nécessitent la représentation des pièces justificatives, relatives à ces articles.

Les pièces justificatives sont pour le négociant, le banquier, le receveur-général etc.... ce qu'est pour un notaire la minute d'un acte. Elles servent pour établir les livres, et pour prouver qu'ils ne renferment rien au-delà de ce qui est relaté dans ces pièces.

Pour connaître la dépense extraordinaire à laquelle tous les associés doivent participer, en raison de leur mise de fonds ou d'actions, M. Anglade s'est basé sur la somme de 15,000 francs, que, par écrit dépose entre les mains de Monsieur François Durand, il s'est engagé d'allouer pour sa part, et de se laisser retenir sur les sommes qui lui reviendront pour ses deux actions, lors du régle-ment définitif du compte.

Soixante-dix mille francs ayant été le résultat de son calcul équi-table, il pense que cette somme forme le total des dépenses extraordinaires des deux maisons de France et d'Espagne.

Mais, dira-t-on, il est établi dans le grand livre de la maison de France que les dépenses extraordinaires de cette seule maison s'élèvent à 80,039 f. 39 c., à cette observation vraiment digne de la bonne foi des adversaires, nous répondrons que ce n'est point en alléguant que les livres portent cette dépense qu'on la prouve ; que c'est en produisant les pièces justificatives qui ont servi à les établir ; que c'est en démontrant que les livres produits ou remis sont basés et calqués d'après ces pièces.

Or, je le demande, est-ce ainsi qu'ont procédé les associés du sieur Anglade ? non, sans doute, car ils ont remis des livres dont, malheureusement et à leur honte, il n'est que trop démontré qu'ils sont, en grande partie, les œuvres de la mauvaise foi la plus insigne.

Monsieur Anglade ne peut reconnaître la prétendue gratification de 20,000 francs accordée au sieur Léon Daugny, par ses géné-reux adversaires, par la raison qu'il sait que tout ce que dit le sieur Fraisse, relativement aux dépenses dudit sieur Daugny, est supposé ; parce qu'il sait que le vrai livre de caisse de la maison d'Espagne, que le sieur Jaubert-de-Passa juge bon et prudent de ne point déposer, prouve le remboursement des dépenses faites par le sieur Daugny ; parce qu'il sait enfin que la copie inex-acte de ce même livre de caisse déposé, le prouve encore : voir les dates des 13 août, 7, 24 octobre, 4 novembre et 27 décembre 1823.

Ce n'est point, non plus, sans base aucune, comme le prétend le sieur Fraisse, que le sieur Anglade a porté à 16,000 francs en sus des appointemens payés aux vrais employés, les frais de bureau des deux maisons de France et d'Espagne, attendu qu'à ce sujet il s'est basé sur ce qu'il a cru reconnaître vrai dans les livres: voir au grand livre de la maison de France, les dates des 15, 18 et 23 mai; 3, 4, 6, 7, 10, 11, 12, 14, 16, 18, 22, 23, 24, 25, 27, 29 et 30 juin; 2, 3, 4, 5, 8, 10, 12, 13, 14, 16, 21, 22, 28, juillet; 3, 4, 5, 6, 14, 17, 19, 27, 31 août; 2, 8, 10, 25, septembre; 2, 4, 5, 8, 10, 17, 24, 27, 30 octobre; 1, 5, 14, 15, 16, 25 novembre; 7, 15, 20, 30, décembre 1823; 31 janvier, 29 février, 5, 25 et 31 mars 1824, et au livre-journal et livre de caisse de la maison d'Espagne. Celles des 8, 13, 14, 18, 20, 21, 25, 27, 28, 29 juillet; 1, 2, 3, 6, 7, 8, 9, 12, 13, 14, 18, 19, 23, 24, 29, 30 août; 3, 7, 9, 12, 13, 17, 19, 23, 26, 29 septembre; 3, 5, 6, 7, 9, 10, 13, 17, 24 octobre; 1, 4, 6, 8, 14, 17, 18, 20, 21, 22, 23, 28, 29 novembre; 1, 5, 7, 8, 10, 12, 15, 19, 24, 27, 28, 31 décembre 1823; 5, 12, 13, 17, 23, 27 et 29 janvier 1824.

Quoiqu'en dise l'auteur de la Comptabilité redressée, il sera toujours reconnu par les hommes versés dans les affaires, que lorsque plusieurs individus contractent une société, c'est pour se conformer aux clauses et conditions de leur acte social; ainsi donc à ce sujet, on ne peut trouver extraordinaire que, relativement aux traitemens des vrais employés de la compagnie, M. Anglade se soit conformé, dans le compte qu'il a remis à Messieurs les arbitres, aux appointemens fixés par les délibérations, et cela d'autant plus que les 24/30 d'iceux ont été payés par les adversaires, conformément à ces délibérations, ce qui est prouvé par les livres: voir au grand livre de la maison de France, les comptes ouverts à Roucairol, Ramon, Durand, Maurin, Carrère, Izarn et Torreilles, et au grand livre de la maison d'Espagne, ceux ouverts à Maurin, Baille, Carcassonne, Combes, Tarroux, Tronc, Péchier, Guiraud, Puy, Pradel, Leroux, Desarnaud, Gottis, Estève, Kisaeus, Bonnet, Mayermax et Carrère.

Après avoir connu le fort et le faible de la maison de France, et surtout après avoir employé la torture, ainsi que le sieur

Fraise l'a cru avoir spirituellement dit, Monsieur Anglade ne peut effectivement ignorer ce qui est relatif à la maison d'Espagne; or à ce sujet, il sait que le compte qu'il a remis est exact, à l'exception toutefois de quatre articles omis, qu'il s'empresse de faire connaître, dont un est de 18,360 francs de dépense et trois de bénéfices, s'élevant ensemble à 16,124 f. 65 c. qui ne peuvent qu'être reconnus. Le premier est relatif aux 51 journées de présence du parc de reserve du 10 mai au 30 juin, et les trois autres proviennent, 1° de 3724 f. 65 c. de bénéfices, produits par les rations, qui malgré ce qu'en dit le susnommé, ont rendu quelque chose : voir au livre de caisse et au journal les dates de 27, 28, 29 et 30 août, 10 septembre, 5, 9 octobre 1823 et 16 janvier 1824; 2.° de 400 fr. obtenus sur la voiture et chevaux perdus au passage d'une rivière; voir ces mêmes livres aux dates de 6 et 14 novembre 1823; et 3.° de 12,000 francs de boni obtenu par la différence des monnaies sur une somme de plus de 300,000 francs payée en Espagne. Ce dernier article ne sera sans doute pas contesté par les loyaux adversaires, attendu qu'eux-mêmes ont eu la délicatesse d'en dire un mot dans le réglement de compte du 3 avril 1824, (voir la copie déposée, et que d'ailleurs le vrai livre de caisse de la maison précitée en dit quelque chose).

Celui qui écrit ces quelques lignes sait, de manière à ne pouvoir le lui contester, qu'aucun des employés de la maison d'Espagne n'est resté en France, jusqu'après avoir reçu le solde de ses appointemens : le grand livre fol. 4, 5, 6, 7, 8, 9, 11, 12, 14, 19, 20 et 21 le prouve assez pour défier les plus experts de le nier, en excepte toutefois le sieur Fraisse, qui a bien voulu ne pas l'apercevoir. Il sait encore, car il aime à dire la vérité, et à ce sujet il ose assurer que personne ne le sait mieux que Monsieur Jaubert-de-Passa, que quatre des employés de la maison d'Espagne, dont il était le chef, continuèrent après leur rentrée en France, de toucher pendant deux mois leurs appointemens, et que six autres de ces mêmes employés reçurent, ainsi que les quatre précités, des gratifications proportionnées à leur services ; mais tout cela ne prouve pas qu'aucune délibération intérieure à l'exclusion de la société, oblige le sieur Anglade à reconnaître la dépense de ces appointemens et gratifications. Au reste, s'il n'y avait pas de plus grandes difficultés à aplanir que celles dont il vient d'être parlé, l'écrivain pense que l'affaire serait bientôt terminée.

Ne pensez pas, Messieurs les adversaires, que ce soit en refusant de remettre les vrais livres, en les détruisant, selon qu'il convient à vos intérêts, en en créant de faux, en couvrant de ratures, d'omissions, des doubles emplois, d'interlignes et d'articles intercalés ceux que vous remettez, qu'on mérite croyance; c'est en remettant des livres régulièrement tenus et surtout appuyés des pièces justificatives qui ont servi à les établir.

Ne pensez pas non plus, que ce soit par des règles de proportion basées sur la mauvaise foi la plus insigne qu'on établit et qu'on prouve le coût des transports du 10 mai au 30 juin, c'est en se basant sur des faits irrécusables qu'on y parvient.

Or, voyons sur quoi on aurait dû se baser pour prouver que la somme de 40,000 francs, portée sur le compte du sieur Anglade, n'avait pu être suffisante pour subvenir à la dépense des transports précités.

Les vrais livres de la maison d'Espagne, qui contiennent les dépenses des transports du 10 mai au 30 juin, lui ayant été cachés, le sieur Fraisse aurait dû avoir recours aux livres remis.

Le grand livre de cette maison lui aurait fait connaître, f.° 19 et 22, que la totalité des transports effectués du 1.er juillet au 28 novembre, c'est-à-dire dans l'espace de cent cinquante-un jours, n'avaient coûté que 150,563 fr. 52 c., et celui de la maison de France, au compte d'administration militaire, qu'ils avaient produit 393,984 fr. 41 c. Cela démontré, le sieur Fraisse aurait dû se convaincre que la compagnie n'avait pu, à la rigueur, dépenser, pour les transports faits pendant les cinquante-un jours qu'il y a du 10 mai au 30 juin, eu égard à leurs produits, que 65,842 fr. 91 c., somme qui présente une différence de près de 100,000 fr. de moins de dépense, que celle obtenue par sa fameuse règle de proportion.

O vous, adversaires, qui prétendez à la réputation d'hommes probes ! rendez les vrais livres de la maison d'Espagne ; rendez-les tels qu'ils vous ont été remis par le chef de bureau et par le caissier; c'est-à-dire sans altération d'aucun article, sans enlèvement ou substitution de feuillets, et l'on vous prouvera que la compagnie n'a pas dépensé, pour les transports du 10 mai au 30 juin, les 65,842 fr. 91 c. sus mentionnés.

Ne dites pas, adversaires, que les livres ne sont pas en votre pouvoir, attendu que lors du réglement de compte du 3 avril 1824, vous n'aviez pas ceux que vous avez déposés, lesquels vous fites faire dans le mois de mai suivant.

Ci-joint est un état ou relevé des dépenses et autres articles de la maison d'Espagne, que le sieur Anglade ne peut reconnaître. Il est appuyé d'observations qui expliquent les motifs qui l'ont porté à cela.

Il importe peu au sieur Anglade que ses adversaires refusent d'admettre les 40,000 fr. relatifs aux rations obtenues du 10 mai au 15 juin, attendu qu'il lui suffit de savoir que l'art. 35 du marché du 9 mai prouve que la compagnie y avait droit; quant au nombre, les livres d'expéditions les feront assez connaître, pour savoir à quelle somme ils s'élèvent.

L'aveu fait par l'auteur de la comptabilité redressée au sujet des quatre prétendues traites, ensemble 100,000 fr., que les adversaires soutenaient avoir été fournies par le sieur Léon Daugny, pour compte de l'entreprise sur les maisons François Durand, de Perpignan et de Paris, est trop naïf pour qu'on l'oublie; car, il est enfin certain que cette œuvre d'iniquité, qui avait été imaginée pour diminuer les bénéfices du sieur Anglade, a été annulé. Ce fait bien reconnu, l'auteur précité voudra bien nous expliquer pour-

2

quoi il a prêté sa plume aux adversaires, pour faire figurer sur le livre journal de la maison de France f.° 52, ces quatre prétendues traites.

Nous terminons la réponse aux observations de l'auteur de la comptabilité redressée, en soutenant, sans crainte d'être démenti, que les adversaires du sieur Anglade n'ont pu établir les livres de la compagnie qu'au moyen de pièces justificatives ; que, par conséquent, dans la contestation litigieuse qui existe entre le sieur Anglade et ses co-associés, la représentation de ces pièces est absolument nécessaire pour prouver que les livres ne contiennent rien au delà de ce qu'elles mentionnent ; que le refus de les représenter est la preuve certaine que le contenu des livres n'est pas digne de crédébilité, ce qui indique à MM. les Arbitres le degré de probité et d'intégrité des adversaires du sieur Anglade.

RÉSUMÉ.

Le sieur Anglade soutient, 1.° que les transports de Lérida, Sozes et Fraga appartiennent à la compagnie, et que les sieurs Jaubert-de-Passa et Daugny ne sauraient prouver le contraire ; 2.° qu'une commission de 510 fr. a été payée à M. Paulin Durand, banquier à Barcelonne, pour avoir gardé en dépôt une somme de 102,000 fr., dont il est juste que les sieurs Jaubert-de-Passa et Daugny rendent compte de l'emploi, attendu que c'est eux qui en ont fait le dépôt pour le compte de la compagnie ; 3.° que le vrai livre de caisse générale a été détruit, que dès-lors la représentation des pièces justificatives, relatives aux dépenses des deux maisons, soient exigées ; qu'à défaut d'êtres produites, Messieurs les arbitres prennent pour bases d'icelles les 15,000 fr. que, par écrit déposé entre les mains de M. François Durand, il s'est engagé de se laisser retenir pour sa part de dépenses pour ses deux actions ; 4.° que les prétendus 20,000 f., donnés par ses adversaires au sieur Léon Daugny, ont été supposés pour augmenter les dépenses, et par là diminuer sa part des bénéfices, ce qu'on ne peut s'empêcher de croire, attendu que les livres prouvent que les déboursés dudit

sieur Daugny lui ont été remboursés; 5.° que les frais de bureau des
deux maisons de France et d'Espagne, non compris les appointemens des employés, ne s'élèvent qu'à 16,000 fr.; 6.° que les émolumens des vrais employés n'ont pu être soldés que d'après les prix fixés
par les délibérations; 7.° que le compte qu'il a remis est exact, à l'exception de quatre articles omis, qu'il s'empresse de faire connaître, dont
un de 18,360 fr. de dépenses, et trois s'élevant, ensemble, à 16,124 f.
65 c. de bénéfices; 8.° qu'aucun des employés de la maison d'Espagne n'est rentré en France sans avoir reçu le solde de ce qui
lui était dû; 9.° qu'il ne peut reconnaître les appointemens et gratifications accordés à des employés fictifs, tels que ceux appelés hors
services; 10.° que les dépenses relatives aux transports du 10 mai au
30 juin, produites par le sieur Fraisse, et par conséquent par ses
adversaires, sont évidemment fausses; qu'à la rigueur, eu égard au
coût des transports du 1.er juillet au 28 novembre, elles ne peuvent s'élever au-delà de 65,842 f. 91 c., ce qui présente une différence de 100,000 fr. en moins qu'ils prétendent; 11.° que quand
aux 40,000 fr. relatifs aux rations, les livres d'expédition en feront
connaître le nombre, et qu'au cas qu'ils ne donneraient pas tous
les renseignemens nécessaires, l'état remis par le sieur Rovira, ou
son beau-père, relatif aux transports de Lérida, etc., servira de
base pour en faire connaître le montant; 12.° que foi ne peut
être ajoutée à l'article mentionné au journal de la maison de France,
f.° 52, relatif aux quatre prétendues traites fournies par le sieur
Daugny, s'élevant ensemble à 100,000 f., attendu que les livres de la
maison d'Espagne n'en disent pas le mot, et qu'il est extraordinaire,
et tout à fait contre l'usage, que les livres de la maison de France,
qui en font mention, n'indiquent pas les noms des personnes aux
ordres desquelles elles ont été fournies, ni, non plus, l'encaissement
des fonds; 13.° que la représentation des vrais livres de la maison
d'Espagne prouvera qu'il n'a pas été dépensé 65,842 fr. 91 c. pour
les transports du 10 mai au 30 juin.

A PERPIGNAN, CHEZ ANTOINETTE TASTU, IMPRIMEUR-LIBRAIRE.

RELEVÉ

s Doubles emplois, des Ratures, des Surcharges, des Interlignes, des Omissions et Articles intercalés, trouvés sur le Livre de Caisse Générale.

DÉBIT.

uin	25	Rature sur la somme de l'article passé à cette date.
llet	2	Rature sur le corps de l'écriture où le nom Dieudé remplace celui précédemment écrit.
	««	Rature sur le corps de l'écriture.
	8	Rature sur la somme.
	9	Cinq articles du mois de mai, prétendus omis.
	««	Un article du mois de juin, prétendu omis.
	18	Article intercallé au dessus de la ligne du report.
	««	Surcharge sur le n.º 20 d'un mandat.
	19	Commencement d'un article intercallé.
	««	Ratures sur les chiffres de la somme 5880 fr.
	22	Article intercallé.
	23	Surcharge sur le n.º 28 d'un mandat.
	24 et 25	Surcharges sur les n.ᵒˢ 29 et 39 de deux mandats.
	29, 30 et 31	Trois articles d'une autre écriture que celle de la personne qui a commencé le livre.
oût	1	Double emploi de 5,000 fr., relatif au mandat 39, encaissé le 25 juillet.
	1, 2, 3 et 4	Cinq articles d'une autre écriture que celle de la personne qui a commencé le livre.
	5, 6, 7, 8, 11	Cinq articles comme dessus, parmi lesquels on trouve trois lignes chargées de guillemets.
	21	Surcharge sur la même somme 6,000 fr.
	22	Substitution d'un 5 à la place d'un 2. La somme était primitivement de 2,000 f., à présent elle est de 5,000 fr.
	29	Substitution d'un 8 à la place d'un 2. La somme était primitivement de 2,000, à présent elle est de 8,000 fr.
	22, 23 24 et 27	Surcharge à ces quatre dates.

CRÉDIT.

let	1	Rature sur la somme de l'article porté à cette date.
	17	Article intercallé au dessus de la ligne du report ; la somme est de 3,000 fr.
	18	Article intercallé au dessus de la ligne du report. La somme est de 1,915 fr.
	19	Article intercallé au dessus de la ligne du report. La somme est de 750 fr.
	28	Surcharge sur la même somme 6,000 fr.
	29, 30, 31	Juillet, 1, 2, 3 et 4 août, onze articles d'une autre écriture que celle de la personne par qui le livre a été commencé, parmi lesquels il y a deux lignes bâtonnées où on avait commencé d'écrire.
t.	2	Rature sur la somme de 2,000f.
	5 et 12	Sept articles d'une autre main que celle de la personne qui a commencé le livre, parmi lesquels est une ligne remplie de guillemets.
	12 et 13	Surcharge à ces deux dates.
	19	Substitution d'un 5 à la place d'un 2. La somme était primitivement 2,000, elle est à présent de 5,000.
	21	Substitution d'un 6 à la place d'un 1. La somme était primitivement 1,000, elle est à présent de 6,000.

OBSERVATIONS.

Plusieurs raisons indiquent que le livre de caisse générale, remis par les adversaires, est un faux en écriture de commerce et par conséquent indigne de crédibilité. La première et la principale est celle qui prouve l'enlèvement des feuilles qui contenaient les vraies opérations de la Compagnie par caisse. La deuxième est celle résultant du grand nombre de ratures, de surcharges, doubles emplois, omissions, interlignes et articles intercalés qu'on y trouve contre l'usage du commerce, qui veut que le livre de caisse soit aussi exactement tenu que le livre journal; la troisième enfin, est celle que les deux individus qui ont fait et passé les articles dont ce livre est composé étaient sans mission pour cela et que néanmoins les adversaires l'ont remis comme authentique.

Les ratures et les surcharges trouvées sur le livre de caisse générale indiquent des intentions perfides, attendu que le caissier ne fait jamais écriture sur le livre de caisse sans avoir l'opération de l'article à passer sous les yeux, ce qui ne permet pas de penser qu'il puisse se tromper.

On ne peut faire aucun double emploi, aucune omission ni intercalation d'aucun article sur le livre de caisse, par la raison de la vérification qu'on fait chaque jour de la caisse fait ressouvenir, par le plus ou le moins de fonds trouvés en caisse, les articles omis ou passés doubles et les fait aussitôt rectifier, ce qui empêche de croire que les six articles des mois de mai et de juin portés à la date du 9 juillet aient pu rester aussi long-temps inaperçus.

On ne commence pas d'article sur le Livre de caisse sans le finir, attendu qu'avant de le commencer on sait ce qu'on a à écrire.

Hors le cas de maladie, un caissier ne laisse jamais aucun autre que lui écrire sur le livre de caisse; lorsque cela arrive ce n'est qu'en vertu d'ordre des chefs de la maison. A ce sujet, il serait difficile aux adversaires de faire connaître le motif qui a nécessité l'emploi de deux individus pour la tenue du livre de caisse générale.

Pourquoi laisser des interlignes sur un livre où tous les articles doivent se suivre ? ce n'est certainement pas des principes de probité qui en ont suggéré l'idée.

Pourquoi substituer des chiffres plus forts en valeur à des chiffres moindres ? Je laisse à la loyauté des adversaires le soin d'expliquer cela et à MM. les arbitres de l'apprécier.

État

Des Dépenses dites Extraordinaires et autres, de la Maison de Catalogne que le sieur Joseph Anglade ne peut reconnaître sans la représentation des pièces justificatives, attendu qu'elles sont supposées.

Date		Désignation	f.	c.	f.	c.	OBSERVATIONS
3. Juillet	13	Gratification à des employés, hors service.	460	»			
Août	3	Appointemens à un prétendu employé hors service. Roquemartine.	100	»			
»	»	Idem. Idem. Idem. Galeani. . . .	150	»			
»	»	Gratifications à des prétendus voituriers.	568	40			
	12	Appointemens à des prétendus employés, hors service.	520	»			
	17	Gratification à un prétendu Idem. Idem.	424	»			
Septembr.	11	Appointemens à des prétendus Idem. Idem.	490	»			
	16	Gratification à un prétendu Idem. Idem.	150	»			
	23	Appointemens à Idem. Idem. Idem. Roquem.*	100	»			La Société n'ayant, par aucune délibération, autorisé les sieurs Jaubert de Passa et Daugny, leurs agens en Catalogne, d'accorder des appointemens et gratifications à des prétendus employés hors services, par ce motif et celui que cette dépense, si elle n'était pas supposée, était inutile, la compagnie ayant toujours eu le nombre suffisant d'employés qu'il lui fallait pour faire aller son service, le sieur Anglade refuse de reconnaître, comme dépense utile, les 26 articles ci-contre.
Octobre	1	Idem. Idem. Idem. Idem. Idem. .	100	»			
	»	Idem. Idem. Idem. Idem. Loiseau. .	150	»			
	5	Idem. Idem. Idem. Idem. Sabarthé.	100	»			
	6	Gratification à Idem. Idem. Idem.	254	40	6428	20	
	11	Idem. à des Idem. Idem.	430	»			
	31	Appointemens à Idem. Idem. Idem. Roquem.*	100	»			
	»	Idem. à Idem. Idem. Idem. Mertens.	100	»			
	»	Idem. Idem. Idem. Idem. Loiseau. .	150	»			
Novembr.	17	Gratifications à des Idem. Idem. Idem.	380	»			
	21	Appointemens à Idem. Idem. Idem. Loiseau. .	150	»			
	29	Gratification Idem. Idem. Idem.	515	»			
Décembr.	1	Idem. Idem. Idem. Idem.	227	20			
	4	Appointemens à Idem. Idem. Idem. Mertens. .	100	»			
	»	Idem. Idem. Idem. Idem. Coste. .	100	»			
	5	Idem. Idem. Idem. Idem. Loiseau. .	150	»			
	27	Gratifications à des Idem. Idem. Idem.	339	20			
. Janvier	27	Appointemens à Idem. Idem. Idem. Mertens.	100	»			
. Juillet	19	Lettres de voiture de Juin.	775	»	2151	»	A vérifier si le vrai livre de caisse fait mention des lettres de voitures ci-contre, et s'il indique les noms des voituriers et la nature des objets transportés. Sans cette formalité de rigueur, les deux articles ci-contre seraient supposés.
	21	Idem. Idem. de Malaro	1376	»			
Juillet	23	Frais de voyages.	215	»	490	»	La dépense de ces deux articles, pour frais de voyage, ne peut être admise qu'autant que le vrai livre indiquera les personnes qui l'ont faite.
	30	Idem. Idem.	275	»			
Juillet	31	Dépense prétendue extraordinaire.	600	»			
Août	14	Idem. Idem. Idem.	6000	»			
	31	Idem. Idem. Idem.	600	»			
Septembr.	13	Idem. Idem. Idem.	1000	»			
	17	Idem. Idem. Idem.	5000	»			
Octobre	6	Idem. Idem. Idem.	5000	»			La dépense énorme des quinze articles ci-contre, ainsi que les autres dépenses mentionnées dans le présent État, ne furent imaginées par les agens précités, les sieurs Jaubert de Passa et Daugny, que pour se procurer, par cette voie, les ressources nécessaires pour faire aller les divers services des Parcs de St.-André-de-Palomer, Molins del Rey, Villefranca, Torredembarra, l'Hospitalet, Mollet, et les transports de Lérida, etc., que, malgré l'article 6 de notre acte social, ils avaient décidé devoir s'appliquer.
	9	Idem. Idem. Idem.	1000	»			
	17	Idem. Idem. Idem.	400	»	53582	»	
	30	Idem. Idem. Idem.	600	»			
Novembr.	6	Idem. Idem. Idem.	774	»			
	14	Idem. Idem. Idem.	6008	»			
	20	Idem. Idem. Idem.	6000	»			
Décembr.	1	Idem. Idem. Idem.	6000	»			
	»	Idem. Idem. Idem.	6000	»			
	27	Idem. Idem. Idem.	14000	»			
Août	13	Frais arriéré du séjour à Girone.	288	»	285	»	A vérifier si le vrai livre de caisse fait mention de cette dépense.
Septembr.	17	Bonification au payeur.	1760	»			
	19	Idem. Idem.	800	»	5360	»	La Compagnie ne peut supporter la dépense des quatre articles ci-contre, attendu qu'elle n'aurait pas eu lieu si les sieurs Jaubert de Passa et Daugny n'avaient pas compté sur le mode de paiement qu'elle s'était réservé par l'article 47 de son traité ou marché.
Octobre	22	Idem. Idem.	1800	»			
Novembr.	14	Idem. Idem.	1000	»			
Septembr.	17	Achat d'un cheval pour M.	600	»	600	»	Dépense supposée, attendu que la personne pour qui on dit qu'elle a été faite n'était pas dans le cas d'accepter aucun présent.
Septembr.	17	Lettres de voiture des n.os 1993 à 2019.	8253	»	8829	40	Pour que le paiement des lettres de voiture ci-contre puisse être admis, il faut que le vrai livre de caisse fasse mention des voituriers et où les transports ont été faits, attendu qu'il n'a jamais été d'usage de porter en bloc un si grand nombre de lettres de voiture.
	19	Idem. Idem. des n.os 2036 à 2045.	576	40			
Octobre	14	Transports extraordinaires.	328	60	328	60	A vérifier si le vrai livre de caisse fait mention de cet article, et s'il fait connaître la remise de la lettre de voiture.
Décembr.	1	Gratification aux commis du Payeur	2081	20	2081	20	Pour admettre la dépense ci-contre, il conviendrait que les sieurs Jaubert de Passa et Daugny fissent connaître les services que les commis du Payeur ont rendus à la Compagnie.
			80135	40	80135	40	

...rent que nous avons répondu aux observations du sieur FRAISSE, et que nous avons fait connaître le degré de foi que méritent les Livres remis par les adversaires, nous allons examiner le compte du sieur ANGLADE, et voir quels sont les articles qu'il faut retrancher ou ajouter tant à l'Actif qu'au Passif.

ACTIF.

...mier article ne peut être rejeté attendu la véracité des 5423 pièces justificatives, remises ...atendant Lajard, et du Mémoire présenté au Roi en son Conseil d'État, en juillet 1825;

F. . . . . 1,781,922 45 c.

... et 3.ᵉ articles relatifs aux caissons d'ambulance et Parcs de réserve, étant « ««« ««« ««
... exacts par les adversaires, nous les reproduisons; ils s'élèvent ensemble à F. 146,672 ««
...relatif aux rations du 10 mai au 15 juin, doit figurer dans le compte jusqu'à « ««« ««« ««
... vérification des livres d'expéditions ait prouvé le contraire; il s'élève à F. 40,000 ««

1,968,594 45 c.

ARTICLES OMIS.

des rations de fourrages de la Maison d'Espagne, ci . . . . 3,724 65 c.

fait sur la voiture et chevaux perdus au passage d'une rivière, ci . . . . . 400 ««

...enu par la différence des monnaies, ci . . . . 12,000 ««

TOTAL DE L'ACTIF . . . F. 1,984,719 10 c.

PASSIF.
MAISON DE FRANCE.

Les quatre premiers articles n'étant point contestés par les adversaires, nous pouvons sans crainte les reproduire; ils s'élèvent à F. . . . . 525,336 44 c.

Le 5.ᵉ article basé sur l'écrit qui est entre les mains de M. F. Durand, ne peut être « ««« ««
rejeté qu'autant que les pièces justificatives réclamées prouveront que la dépense « ««« ««« ««
relatée sur les livres est exacte, ainsi jusqu'alors il doit rester à . . . . . . 70,000 ««

Le 6.ᵉ article étant dans le même cas que le cinquième nous le reproduisons, ci. 16,000 ««

Le 2ᵉ chapitre ou 7ᵉ article, contenant les appointemens des Employés étant basé « ««« ««
d'après les délibérations qui fixent les émolumens de chaque Employé, il ne peut « ««« ««« ««
être rejeté, ci . . . . 10,315 17 c.

TOTAL DE LA DÉPENSE DE LA MAISON DE FRANCE . . 621,651 61 c.

MAISON DE CATALOGNE.

Les 2.ᵉ, 3.ᵉ, 4.ᵉ et 6.ᵉ articles n'étant par contestés par les adversaires, nous
les reproduisons; ils s'élèvent ensemble à F. . . . . . . 260,891 52 c.

Le 5.ᵉ article doit être maintenu jusqu'à la représentation des ««« ««« ««
vrais Livres de la Maison d'Espagne, ci . . . . 40,000 «« ««

Le 2.ᵉ chapitre contenant le total des appointemens des vrais ««« ««« ««
Employés n'étant contesté par les adversaires qu'en ce qu'il ne ««« ««« ««
fait pas mention des appointemens des employés fictifs, ou en ««« ««« ««
d'autres termes supposés, que le sieur Anglade n'est pas obligé ««« ««« ««
de reconnaître, nous les reproduisons, ci . . . . 11,497 26 c. 330,748 78 c.

ARTICLES OMIS.

Cet article est relatif à la dépense des 51 journées de présence ««« ««« ««
du Parc de réserve, du 10 mai au 30 juin; il s'élève à raison ««« ««« ««
de 360 f. par journée, à la somme de . . . . 18,360 ««

TOTAL DE LA DÉPENSE DES DEUX MAISONS . . F. 952,400 39 c.

Balance de ci-contre, formant la totalité des Bénéfices . . . . . 1,032,318 71 c.

1,984,719 10 c.